MEU NOME NÃO É DODÓI

Editora Appris Ltda.
1.ª Edição - Copyright© 2024 do autor
Direitos de Edição Reservados à Editora Appris Ltda.

Nenhuma parte desta obra poderá ser utilizada indevidamente, sem estar de acordo com a Lei nº 9.610/98. Se incorreções forem encontradas, serão de exclusiva responsabilidade de seus organizadores. Foi realizado o Depósito Legal na Fundação Biblioteca Nacional, de acordo com as Leis nºs 10.994, de 14/12/2004, e 12.192, de 14/01/2010.

Catalogação na Fonte
Elaborado por: Josefina A. S. Guedes
Bibliotecária CRB 9/870

S586m 2024	Medina, Samâdhi Meu nome não é dodói / Samâdhi Medina. – 1. ed. – Curitiba: Appris, 2024. 32 p. : il. color. ; 21 cm. Inclui referências. ISBN 978-65-250-5844-3 1. Literatura infantojuvenil. 2. Preconceito. 3. Deficiência física. I. Título. CDD – 028.5

FICHA TÉCNICA

EDITORIAL	Augusto Coelho
	Sara C. de Andrade Coelho
COMITÊ EDITORIAL	Marli Caetano
	Andréa Barbosa Gouveia - UFPR
	Edmeire C. Pereira - UFPR
	Iraneide da Silva - UFC
	Jacques de Lima Ferreira - UP
SUPERVISOR DA PRODUÇÃO	Renata Cristina Lopes Miccelli
PRODUÇÃO EDITORIAL	Miriam Gomes
REVISÃO	Arildo Junior
	Alana Cabral
DIAGRAMAÇÃO E CAPA	Renata Miccelli
REVISÃO DE PROVA	Jibril Keddeh

Appris editora

Editora e Livraria Appris Ltda.
Av. Manoel Ribas, 2265 – Mercês
Curitiba/PR – CEP: 80810-002
Tel. (41) 3156 - 4731
www.editoraappris.com.br

Printed in Brazil
Impresso no Brasil

Samâdhi Medina

MEU NOME NÃO É DODÓI

Dedicado a todas as crianças que lidam com algum tipo de deficiência em suas vidas, seja ela PcD ou amiguinha de uma criança PcD. Todas merecem o devido respeito e atenção para o desenvolvimento de suas virtudes e relações interpessoais.

A leitura é uma centelha pequena, que grande incêndio provoca.

(Dante Alighieri)

AGRADECIMENTOS

Ao Silvano e à Maria de Lourdes, meus pais, que me ensinaram os valores da ética e da solidariedade, respectivamente. À minha irmã, Clara, pelos eventos sociais e comidinhas que me alimentaram por muito tempo. E, finalmente, e não menos importante, à minha esposa, Miriam, que me dá todo o suporte no cotidiano do dia a dia, pensando e resolvendo as coisas de casa.

Guido era um cachorrinho vira-lata que nasceu com uma deficiência física. Suas patas de trás não se desenvolveram como deveriam e ele nasceu sem as duas patas traseiras.

Mas Guido, já crescido, não era um cão triste por causa disso.

MUITO PELO CONTRÁRIO!!!

Guido era inteligente e queria sempre brincar com seu brinquedo favorito. Ele nunca latia com raiva de ninguém.

Mas os outros cachorros da rua, que eram da turma do Zig, colocaram o apelido dele de Dodói, por causa do seu problema de nascença.

E isso deixava Guido triste e chateado...

Dodói! Vem, Dodói!!! Vem brincar de pega-pega.
O pique está com você. Vem pegar a gente.

Chamavam eles, rindo e debochando de Guido.

Guido olhava como alguém que sabia de algo que eles não sabiam.

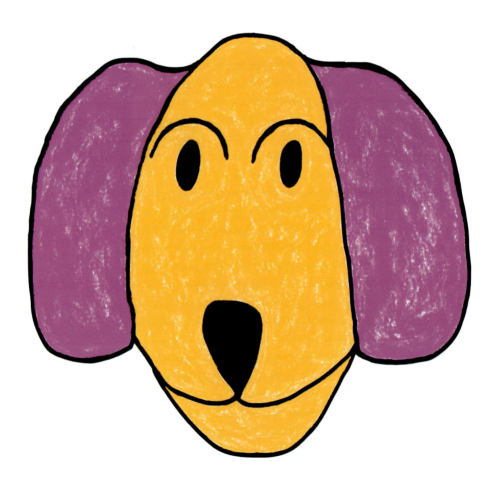

E assim resolveu responder, ainda meio de longe e caminhando com seu jeito de andar diferente, em direção ao grupo.

— Meu nome não é Dodói e eu não estou doente.

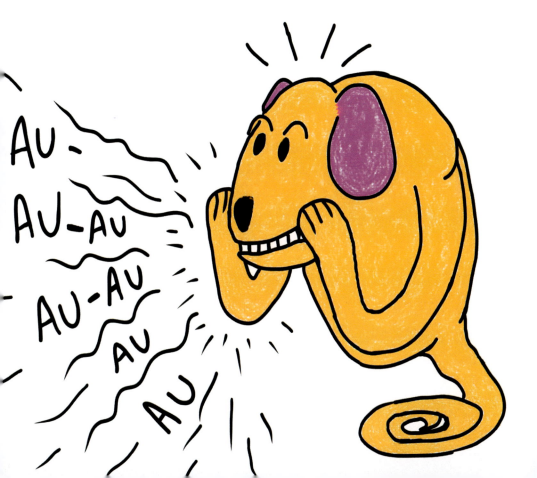

E pensou consigo mesmo: "Eles acham que não consigo pegá-los porque não tenho duas patas. Mas se eu fosse lá e aceitasse brincar, eu os pegaria rapidinho. Mas enquanto eles me chamarem de Dodói, eu não vou brincar mesmo".

Guido continuou:

— Meu nome é Guido — latiu ele novamente em alto e bom tom, para todos ouvirem.

Por ser mais conhecido como Dodói na sua rua, Guido tinha poucos amigos, pois não gostava nem um pouco desse apelido.

Mas Marcos, o humano que o adotou, não teve dúvidas quando escolheu aquele cãozinho diferente entre seus irmãos filhotes.

Pois além das duas patas faltando, Guido tinha algo de especial que os humanos logo percebiam. Ele era muito esperto e sabido.

Então Marcos, ao longo de dois anos com Guido, o treinou muito bem a fazer bom uso de sua longa cauda.

O rabo de Guido era grande.

Era como se a energia que deveria ter ido para as pernas – que não existiam – tivesse ido para sua cauda, dando a ela extrema força.

Guido andava engraçado e desajeitado, usando seu forte rabo treinado como terceira perna.

E mais do que qualquer cão...

Guido corria...

E Guido pulava.

Mas quase ninguém sabia disso porque
o chamavam de Dodói.

E como isso era uma das poucas coisas que o deixava triste, ele preferia brincar em casa, mesmo estando doido para ir brincar de pega-
-pega com a turma do Zig e mostrar que de Dodói ele não tinha nada.

Foi então que Zig, que era um Fila Brasileiro daqueles bem grande, latiu lá do fim da rua, onde tinha uma lagoa:

— Vem brincar, Dodói, vem para o pega-pega que você vai ser café com leite!

Guido levantou as orelhas, suspirou, tomou coragem, estufou o peito e lá foi ele, andando com seu jeito engraçado em direção ao Zig e à sua turma

Zig olhou de longe e comentou com seus amigos:

— Ih, olha lá. Não é que o Dodói está vindo mesmo...

E todos, novamente, começaram a rir.

RÁ – RÁ – RÁ

AU – AU – AU

RÁ – RÁ – RÁ

E Guido, já se aproximando, quis logo saber:

— Qual é a piada? Eu quero rir também...

Daí Zig falou:

— Não é nada não, Dodói. Você veio brincar?

E falou alto para todos:

— Pessoal, já sabem né? O Dodói é café com leite!

Mas, na mesma hora, Guido retrucou:

— Espera aí! Eu só brinco com duas condições: primeira, o pique está comigo. Vou pegar vocês e vocês vão tentar fugir de mim. E segunda: se eu pegar o Zig, vocês param de me chamar de Dodói. O meu nome é Guido!

Todos se olharam espantados, sem acreditar na audácia de Guido.

Mas Zig riu e gostou. E com seu latido rouco, disse:

— Você é corajoso, meu caro Dodói. Eu admiro e respeito isso. Então vamos fechar esta aposta. **Toca aqui!** — disse ele, levantando a pata para Guido bater.

— Então está bom — disse Guido, selando o acordo, com todos de testemunha.

— Então vamos começar — disse Zig — você conta até cinco e pode começar a tentar pegar a gente, Dodói.

Então Guido começou a contar alto.

1... 2... 3... 4... 5...

LÁ VOU EEEU!!!

Então Panda, um cão azul bem acima do peso, que mesmo sendo mais lento que os demais, achou que Guido não seria capaz de pegá-lo e não correu muito para se afastar durante a contagem de Guido.

E ainda ficou fazendo graça.

Eis que com um pulo, usando sua forte cauda, Guido pulou e pousou quase em cima de Panda, e o pegou tocando com sua pata.

Depois deu dois saltos curtos e um pulo grande, usando seu rabo novamente como mola, e pegou Ping, um Poodle preto.

E com outro salto alcançou Pong, o irmão branco de Ping.

Ping e Pong eram uma dupla terrível. Pulavam e corriam muito. Mas o salto de Guido era algo que eles nunca tinham visto antes. Pegou a todos de surpresa.

Mas ainda faltava pegar Zig para cumprir o principal de sua aposta, que era deixar de ser chamado de Dodói.

Zig, que tinha um passo maior por causa de seu porte grande, olhava aquela cena toda de longe e, quando se deu conta, viu Guido correndo em sua direção com seu jeito diferente, parecendo mais uma mola pulando do que um cachorro.

Quando Zig percebeu que estava para ser pego, começou a correr, sem perceber que já era tarde.

Guido deu dois saltos grandes e, no terceiro, caiu na frente de Zig, que tomou um susto e, sem tempo de frear, bateu em Guido, embolando-se os dois pela rua.

— Peguei.

Zig riu. Reconheceu a habilidade de Guido e disse:

— De hoje em diante ninguém mais vai chamar o Guido de Dodói, ok? Senão vai ter que se ver comigo.

— Guido, você é bem-vindo para brincar com a gente sempre que quiser vir.

— Mas só não vai poder brincar de pega-pega, né, Zig? — disse Ping.

— Porque aí todos nós é que teremos que ser café com leite — disse Pong, em seguida.

E todos riram, reconhecendo a superioridade de Guido para correr e pular.

E assim Guido conquistou seu respeito e a amizade de todos os animais de estimação da rua naquele glorioso dia.

FIM!

SOBRE O AUTOR

Samâdhi Medina é designer de produto e mestre em Engenharia de Produção. Trabalha há mais de 20 anos com processos de organização e gestão empresarial e esta é a primeira história infantil que escreve. Com o passar dos anos, o autor tem sido atraído cada vez mais a voltar às suas origens de desenho e ilustração, que o motivaram em seus tempos de graduação em Design. Vive em Niterói/RJ, próximo à Lagoa de Piratininga, em uma rua com muitos cachorros soltos vagando pra lá e pra cá.

Samâdhi adora desenhar e é dos seus desenhos que surgem as histórias. Amante do mar e da natureza, busca manter-se ao máximo em estado de alegria e harmonia com o universo.